KB116241

당신이 그리운 건
내게서 조금 떨어져 있기 때문입니다
2

당신이 그리운 건
내게서 조금 떨어져 있기 때문입니다 2

—

개정판 1쇄　2015년 6월 25일
지은이　김재진 외
펴낸이　김영재
펴낸곳　책만드는집

—

주소　서울 마포구 양화로3길 99 4층(121-887)
전화　3142-1585 · 6
팩스　336-8908
전자우편　chaekjip@naver.com
출판등록　1994년 1월 13일 제10-927호

—

—

ISBN 978-89-7944-538-1 (04810)
ISBN 978-89-7944-536-7 (세트)

당신이 그리운 건
내게서 조금
떨어져 있기 때문입니다

2

김재진 외 지음

책만드는집

가슴에 사랑하는 별 하나를 갖고 싶다
외로울 때 부르면 다가오는 별 하나를 갖고 싶다

차 례

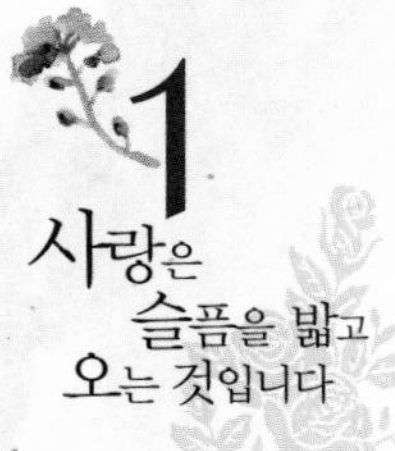

1 사랑은 슬픔을 밟고 오는 것입니다

2
지상에서 단 한 번 있었던 나의 사랑이여

3
이제는 혼자이기 때문입니다

4 우정이라는 이름으로라도 그대 곁에 있고 싶습니다

눈을 뜨면 문득 한숨이 나오는
그런 날이 있었습니다
이유도 없이 눈물이 나
불도 켜지 않은 구석진 방에서
혼자 상심을 삭이는
그런 날이 있었습니다
정작 그런 날 함께 있고 싶은 그대였지만
그대를 지우다 지우다 끝내 고개 떨구는
그런 날이 있었습니다

1
사랑은 슬픔을 밟고 오는 것입니다

순간

– 문정희

찰랑이는 햇살처럼
사랑은
늘 곁에 있었지만
나는 그에게
날개를 달아주지 못했다

쳐다보면 숨이 막히는
어쩌지 못하는 순간처럼
그렇게 눈부시게 보내버리고
그리고
오래오래 그리워했다

새벽 편지

– 정호승

죽음보다 괴로운 것은
그리움이었다

사랑도 운명이라고
용기도 운명이라고

홀로 남아 있는
용기가 있어야 한다고

오늘도 내 가엾은 발자국 소리는
네 창가에 머물다 돌아가고

별들도 강물 위에
몸을 던졌다

노을

– 김용택

사랑이 날개를 다는 것만은 아니더군요
눈부시게, 눈이 부시게 쏟아지는
지는 해 아래로 걸어가는
출렁이는 당신의 어깨에 지워진
사랑의 무게가
내 어깨에 어둠으로 얹혀옵니다

사랑이 날개를 다는 것만은 아니더군요
사랑은,
사랑은
때로 무거운 바윗덩이를 짊어지는 것이더이다

전화

― 마종기

당신이 없는 것을 알기 때문에
전화를 겁니다
신호가 가는 소리

당신 방의 책장을 지금 잘게 흔들고 있을 전화 종소리, 수화기를 오래 귀에 대고 많은 전화 소리가 당신 방을 완전히 채울 때까지 기다립니다 그래서 당신이 외출에서 돌아와 문을 열 때, 내가 이 구석에서 보낸 모든 전화 소리가 당신에게 쏟아져서 그 입술 근처나 가슴 근처를 비벼대고 은근한 소리의 눈으로 당신을 밤새 지켜볼 수 있도록

다시 전화를 겁니다
신호가 가는 소리

이별의 말

– 오세영

설령 그것이
마지막의 말이 된다 하더라도
기다려달라는 말은 헤어지자는 말보다
얼마나
아름다운가,
이별은 말로 하는 것이 아니라
눈으로 하는 것이다
'안녕'
손을 내미는 그의 눈에
어리는 꽃잎
한때 격정으로 휘몰아치던 나의 사랑은
이제 꽃잎으로 지고 있다
이별은 봄에도 오는 것,
우리의 슬픈 가을은 아직도 멀다
기다려달라고 말해다오
설령 그것이
마지막의 말이 된다 하더라도

사랑은 싸우는 것

– 안도현

내가 이 밤에 강물처럼 몸을 뒤척이는 것은

그대도 괴로워 잠을 못 이루고 있다는 뜻이겠지요

창밖에는 윙윙 바람이 울고

이 세상 어디에선가

나와 같이 후회하고 있을 한 사람을 생각합니다

이런 밤 어디쯤 어두운 골짜기에는

첫사랑 같은 눈도

한 겹 한 겹 내려 쌓이리라 믿으면서

머리끝까지 이불을 덮어쓰고 누우면

그대의 말씀 하나하나가 내 비어 있는 가슴속에

서늘한 눈이 되어 쌓입니다

그대
사랑은 이렇게
싸우면서 시작되는 것인지요
싸운다는 것은
그 사람을 너무 사랑하기 때문에
그 벅찬 감동을 그 사람 말고는 나누어줄 길이 없어
오직 그 사람이 되고 싶다는 뜻인 것을
사랑은 이렇게
두 몸을 눈물 나도록 하나로 칭칭 묶어 세우기 위한
끝도 모를 싸움인 것을
이 밤에 깨우칩니다
괴로워하는 사람들이 많은 것은
사랑하는 사람들이 많다는 뜻인 것을

사랑을 잃은 그대에게

– 도종환

어제까지 많은 사람들이 당신을 필요로 했습니다
많은 사람들이 당신을 좋아했고 곁에 있었습니다
저녁노을의 그 끝으로 낙엽이 지는 것을 바라보고 서 있는
당신의 그림자 곁에 서서
사랑하고 미워하는 일이 바람 같은 것임을
저는 생각합니다
웃옷을 벗어 어깨 위에 걸치듯
견딜 수 없는 무거움을 벗어 바람 속에 걸치고
어두워오는 들 끝을 걸어가는 당신의 뒷모습을
저는 끝까지 지켜보고 있습니다

사랑을 잃은 그대여
당신 곁에 있던 그 많은 사람들이
지금 당신 곁에 없어도 저는 당신을 사랑합니다
어둠 속에서도 별빛 하나쯤은 늘 사랑하는 이의
머리 위에 떠 있듯
늦게까지 저도 당신의 어디쯤엔가 떠 있습니다
더 늦게까지 당신을 사랑하면서
비로소 나도 당신으로 인해 깊어져 감을 느낍니다
모든 이들이 떠난 뒤에도 저는 당신을 조용히 사랑합니다
가장 늦게까지 곁에 있는 것이 사랑이기 때문입니다

공존의 이유

– 조병화

깊이 사귀지 마세
작별이 잦은 우리들의 생애

가벼운 정도로
사귀세

악수가 서로 짐이 되면
작별을 하세

어려운 말로
이야기하지
않기로 하세

너만이라든지
우리들만이라든지
이것은 비밀일세라든지
같은 말들은
하지 않기로 하세

내가 너를 생각하는 깊이를
보일 수가 없기 때문에
내가 나를 생각하는 깊이를
보일 수가 없기 때문에
내가 어디메쯤 간다는 것을
보일 수가 없기 때문에

작별이 올 때

후회하지 않을 정도로 사귀세

작별을 하며

작별을 하며

사세

작별이 오면

잊어버릴 수 있을 정도로

악수를 하세

그리운 이에게

– 나해철

사랑한다고 말할걸
오랜 시간이 흘러가 버렸어도
그리움은 가슴 깊이 박혀
금강석이 되었다고 말할걸
이토록 외롭고 덧없이
홀로 선 벼랑 위에서 흔들릴 줄 알았더라면
세상의 덤불 가시에 살갗을 찔리면서라도
내 잊지 못한다는 한마디 들려줄걸
혹여 되돌아오는 등 뒤로
차고 스산한 바람이 떠밀고
가슴을 후비었을지라도
아직도 사라지지 않은 사랑이
꽃같이 남아 있다고 고백할걸
그리운 사람에게……

그런 날이 있었습니다

– 이정하

눈을 뜨면 문득 한숨이 나오는
그런 날이 있었습니다
이유도 없이 눈물이 나
불도 켜지 않은 구석진 방에서
혼자 상심을 삭이는
그런 날이 있었습니다
정작 그런 날 함께 있고 싶은 그대였지만
그대를 지우다 지우다 끝내 고개 떨구는
그런 날이 있었습니다

그대를 알고부터 지금까지
사랑할 수 있는 사람이라 생각한 적은
한 번도 없었지만, 사랑한다
사랑한다며 내 한 몸 산산이 부서지는
그런 날이 있었습니다
할 일은 산같이 쌓여 있는데도
하루 종일 그대 생각에 잠겨
단 한 발짝도 슬픔에서 헤어 나오지 못한
그런 날이 있었습니다

가을 노트

– 문정희

그대 떠나간 후
나의 가을은
조금만 건드려도
우수수 몸을 떨었다

못다 한 말
못다 한 노래
까아만 씨앗으로 가슴에 담고
우리의 사랑이 지고 있었으므로

머잖아
한 잎 두 잎 아픔은 사라지고
기억만 남아
벼 베고 난 빈 들녘
고즈넉한
볏단처럼 놓이리라

사랑한다는 것은
조용히 물이 드는 것
아무에게도 말 못 하고
홀로 찬바람에 흔들리는 것이지

그리고 이 세상 끝날 때
가장 깊은 살 속에
담아 가는 것이지

그대 떠나간 후
나의 가을은
조금만 건드려도
우수수 옷을 벗었다
슬프고 앙상한 뼈만 남았다

희망을 위하여

— 곽재구

너를 사랑한다고 말할 수 있다면
굳게 껴안은 두 팔을 놓지 않으리
너를 향하는 뜨거운 마음이
두터운 네 등 위에 내려앉는
겨울날의 송이눈처럼 너를 포근하게
감싸 껴안을 수 있다면
너를 생각하는 마음이 더욱 깊어져
네 곁에 누울 수 없는 내 마음조차 더욱
편안하여 어머니의 무릎잠처럼
고요하게 나를 누일 수 있다면
그러나 결코 잠들지 않으리

두 눈을 뜨고 어둠 속을 질러오는

한세상의 슬픔을 보리

네게로 가는 마음의 길이 굽어져

오늘은 그 끝이 보이지 않더라도

네게로 가는 불빛 잃은 발걸음들이

어두워진 들판을 이리의 목소리로 울부짖을지라도

너를 사랑한다고 말할 수 있다면

굳게 껴안은 두 손을 풀지 않으리

백치 슬픔

– 신달자

사랑하면서
슬픔을 배웠다

사랑하는 그 순간부터
사랑보다 더 크게
내 안에 자리 잡은
슬픔을 배웠다

사랑은
늘 모자라는 식량
사랑은
늘 타는 목마름

슬픔은 구름처럼 몰려와
드디어 온몸을 적시는
아픈 비로 내리나니

사랑은 남고
슬픔은 떠나라

사랑해도
사랑하지 않아도
떠나지 않는 슬픔아
이 백치 슬픔아

잠들지도 않고
꿈의 끝까지 따라와
외로운 잠을 울먹이게 하는
이 한 덩이
백치 슬픔아

나는 너와 이별하고 싶다

네가 그리우면 나는 울었다

– 고정희

길을 가다가 불현듯
가슴에 잉잉하게 차오르는 사람
네가 그리우면 나는 울었다

너를 향한 기다림이 불이 되는 날
나는 다시 바람으로 떠올라
그 불 다 사그라질 때까지
스스로 잠드는 법을 배우고
스스로 일어서는 법을 배우고
스스로 떠오르는 법을 익혔다

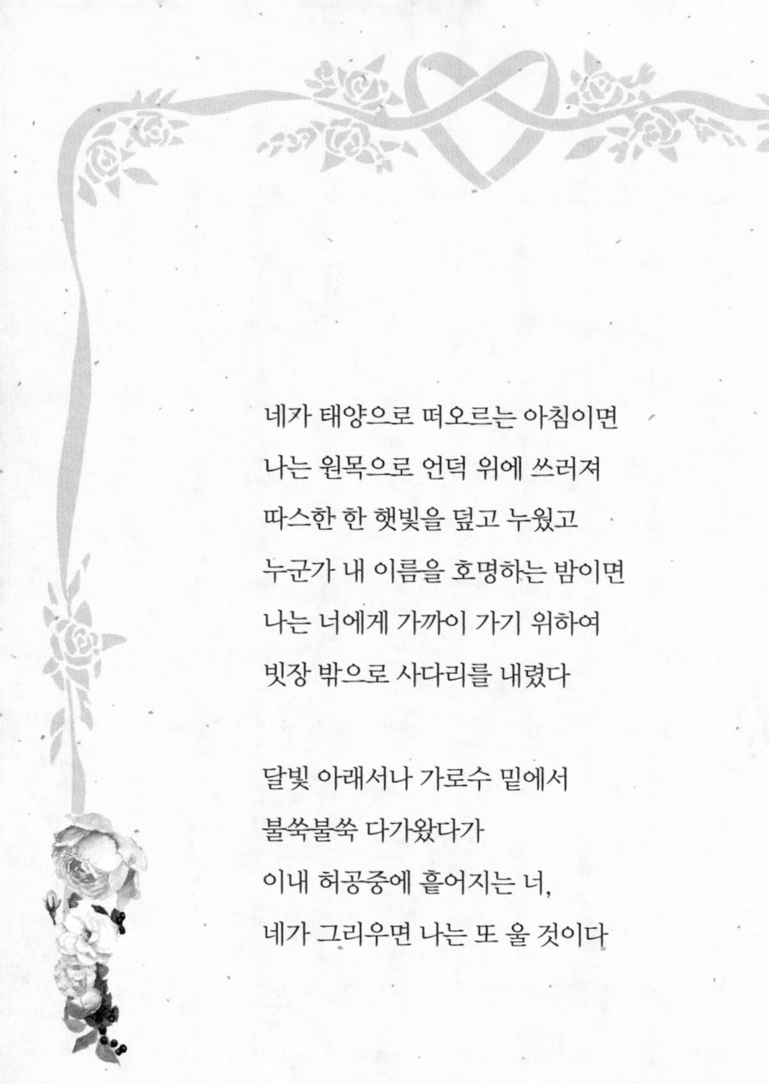

네가 태양으로 떠오르는 아침이면
나는 원목으로 언덕 위에 쓰러져
따스한 한 햇빛을 덮고 누웠고
누군가 내 이름을 호명하는 밤이면
나는 너에게 가까이 가기 위하여
빗장 밖으로 사다리를 내렸다

달빛 아래서나 가로수 밑에서
불쑥불쑥 다가왔다가
이내 허공중에 흩어지는 너,
네가 그리우면 나는 또 울 것이다

고독하다는 것은

― 조병화

고독하다는 것은
아직도 나에게 소망이 남아 있다는 거다
소망이 남아 있다는 것은
아직도 나에게 삶이 남아 있다는 거다
삶이 남아 있다는 것은
아직도 나에게 그리움이 남아 있다는 거다
그리움이 남아 있다는 것은
보이지 않는 곳에
아직도 너를 가지고 있다는 거다

이렇게 저렇게 생각을 해보아도
어린 시절의 마당보다 좁은
이 세상
인간의 자리
부질없는 자리

가리울 곳 없는

회오리 들판

아 고독하다는 것은

아직도 나에게 소망이 남아 있다는 거요

소망이 남아 있다는 것은

아직도 나에게 삶이 남아 있다는 거요

삶이 남아 있다는 것은

아직도 나에게 그리움이 남아 있다는 거요

그리움이 남아 있다는 것은

보이지 않는 곳에

아직도 너를 가지고 있다는 거다

바닷가 우체국

- 안도현

바다가 보이는 언덕 위에
우체국이 있다
나는 며칠 동안 그 마을에 머물면서
옛사랑이 살던 집을 두근거리며 쳐다보듯이
오래오래 우체국을 바라보았다
키 작은 측백나무 울타리에 둘러싸인 우체국은
문 앞에 붉은 우체통을 세워두고
하루 내내 흐린 눈을 비비거나 귓밥을 파기 일쑤였다
우체국이 한 마리 늙고 게으른 짐승처럼 보였으나
나는 곧 그 게으름을 이해할 수 있었다

내가 이곳에 오기 아주 오래전부터
우체국은 아마
두 눈이 짓무르도록 수평선을 바라보았을 것이고
그리하여 귓속에 파도 소리가 모래처럼 쌓였을 것이다
나는 세월에 대하여 말하지만 결코
세월을 큰소리로 탓하지는 않으리라
한번은 엽서를 부치러 우체국에 갔다가
줄지어 소풍 가는 유치원 아이들을 만난 적이 있다
내 어린 시절에 그랬던 것처럼
우체통이 빨갛게 달아오른 능금 같다고 생각하거나
편지를 받아먹는 도깨비라고
생각하는 소년이 있을지도 모르는 일이었다
그러다가 소년의 코밑에 수염이 거뭇거뭇 돋을 때쯤이면
우체통에 대한 상상력은 끝나리라

부치지 못한 편지를
가슴속 주머니에 넣어두는 날도 있을 것이며
오지 않는 편지를 혼자 기다리는 날이 많아질 뿐
사랑은 열망의 반대쪽에 있는 그림자 같은 것
그런 생각을 하다 보면
삶이 때로 까닭도 없이 서러워진다
우체국에서 편지 한 장 써보지 않고
인생을 다 안다고 말하는 사람들을 또 길에서 만난다면
나는 편지 봉투의 귀퉁이처럼 슬퍼질 것이다
바다가 문 닫을 시간이 되어 쓸쓸해지는 저물녘
퇴근을 서두르는 늙은 우체국장이 못마땅해할지라도
나는 바닷가 우체국에서
만년필로 잉크 냄새 나는 편지를 쓰고 싶어진다

내가 나에게 보내는 긴 편지를 쓰는
소년이 되고 싶어진다
나는 이 세상에 살아남기 위해 사랑을 한 게 아니었다고
나는 사랑을 하기 위해 살았다고
그리하여 한 모금의 따뜻한 국물 같은 시를 그리워하였고
한 여자보다 한 여자와의 연애를 그리워하였고
그리고 맑고 차가운 술을 그리워하였다고
밤의 염전에서 소금 같은 별들이 쏟아지면
바닷가 우체국이 보이는 여관방 창문에서 나는
느리게 느리게 굴러가다가 머물러야 할 곳이 어디인가를 아는
우체부의 자전거를 생각하고

이 세상의 모든 길이

우체국을 향해 모였다가

다시 갈래갈래 흩어져 산골짜기로도 가는 것을 생각하고

길은 해변의 벼랑 끝에서 끊기는 게 아니라

훌쩍 먼 바다를 건너기도 한다는 것을 생각한다

그리고 때로 외로울 때는

파도 소리를 우표 속에 그려 넣거나

수평선을 잡아당겼다가 놓았다가 하면서

나도 바닷가 우체국처럼 천천히 늙어갔으면 좋겠다고 생각한다

너의 하늘을 보아

– 박노해

네가 자꾸 쓰러지는 것은
네가 꼭 이룰 것이 있기 때문이야

네가 지금 길을 잃어버린 것은
네가 가야만 할 길이 있기 때문이야

네가 다시 울며 가는 것은
네가 꽃피워 낼 것이 있기 때문이야

힘들고 앞이 안 보일 때는
너의 하늘을 보아

네가 하늘처럼 생각하는
너를 하늘처럼 바라보는

너무 힘들어 눈물이 흐를 때는
가만히
네 마음의 가장 깊은 곳에 가 닿는

너의 하늘을 보아

낙엽은 썩어서 너에게로 가고
사랑은 죽음보다 강하다는데
나는 지금 어느 곳
어느 사막 위를 걷고 있는가

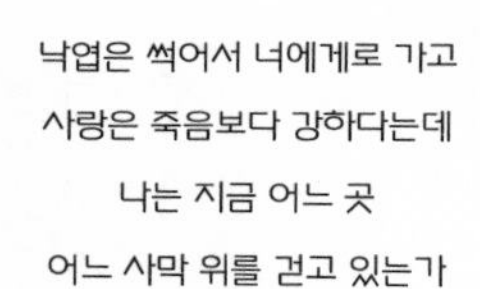

나는 오늘도
바람 부는 들녘에 서서
사라지지 않는
너의 지평선이 되고 싶었다
사막 위에 피어난 들꽃이 되어
나는 너의 천국이 되고 싶었다

2

지상에서 단 한 번 있었던 나의 사랑이여

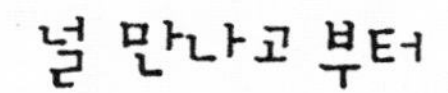

– 이생진

어두운 길을 등불 없이도 갈 것 같다
걸어서도 바다를 건널 것 같다
날개 없이도 하늘을 날 것 같다

널 만나고부터는
가지고 싶던 것
다 가진 것 같다

너에게

– 정호승

가을비 오는 날
나는 너의 우산이 되고 싶었다
너의 빈손을 잡고
가을비 내리는 들길을 걸으며
나는 한 송이
너의 들국화를 피우고 싶었다

오직 살아야 한다고
바람 부는 곳으로 쓰러져야
쓰러지지 않는다고
차가운 담벼락에 기대 서서
홀로 울던 너의 흰 그림자

낙엽은 썩어서 너에게로 가고
사랑은 죽음보다 강하다는데
나는 지금 어느 곳
어느 사막 위를 걷고 있는가

나는 오늘도
바람 부는 들녘에 서서
사라지지 않는
너의 지평선이 되고 싶었다
사막 위에 피어난 들꽃이 되어
나는 너의 천국이 되고 싶었다

사랑의 이유

– 김재진

당신이 꼭
아름답기 때문에 사랑하는 것은 아닙니다
모든 것으로부터 당신이
완전하기 때문에 사랑하는 것도 아닙니다
어쩌면 당신은 장점보다
결점이 두드러지는 사람입니다
그렇다고 당신의 결점까지
사랑한다는 말을 하려는 건 아닙니다
세상의 많은 연인들이 그러하듯
어쩌다 보니 당신을 사랑하게 된 건지도 모릅니다

때로는 당신을
사랑하지 않는다 이야기하고 싶을 때도 있습니다
그럼에도 쉽게 당신을 사랑한다 말하는 이유는
멀리 있지 않습니다
나를 사랑하기 때문입니다
누구보다 나 스스로를 사랑하기 때문입니다
당신을 향한 그 사랑은 결국 나를 위한 것입니다
당신이 없으면 힘들던 마음 역시
내가 아팠기 때문입니다

고백

– 박성철

1

그대를 알고부터
사랑하는 일만이
사랑의 전부가 아님을
알게 되었습니다
넘쳐나게 담아도
또 빈 자리가 남을 수밖에 없는
큰 그릇이었습니다
사랑은……

눈물이 마를 그날까지
내 전부를 내주고도
허물어지지 않을 거라 믿었던 그대에게
이제야 부끄러움을 고백합니다
사랑하는 일만이
내 사랑의 전부가 아니었음을

사랑받고픈 욕망 또한
내 사랑의 절반이었음을……

2

그대를 좋아합니다
그대를 너무도 잘 알고 있기에
그대를 사랑합니다
그토록
그대를 잘 알고 있음에도 불구하고

3

그대가 알고 계신 수많은 사람 중에
내가 이 땅에 발 딛고
하루를 살아가고 있음을 알려드리고 싶습니다

세상을 가득 채우고 있는 수많은 숨결 중에
하나의 호흡으로
내가 숨쉬고 있음을 알려드리고 싶습니다
그대를 바라보는 수많은 눈들 중에
애타게 갈구하며 늘 바라보는
내 슬픈 시선이 있음을 알려드리고 싶습니다
그대의 아픔을 함께할 수 있는 수많은 손들 중에
그대 지친 어깨를 토닥거려줄
내 거친 손 하나 있음을 알려드리고 싶습니다

이 모든 사실을 모르신다 해도
그대에게 사랑받지 못할지라도
자신이 가진 사랑 온전히 다 전하지 못함을
늘 염려하는 한 사람이 있음을
알려드리고 싶습니다

그대에게 가고 싶다

– 안도현

해 뜨는 아침에는
나도 맑은 사람이 되어
그대에게 가고 싶다
그대 보고 싶은 마음 때문에
밤새 퍼부어 대던 눈발이 그치고
오늘은 하늘도 맨 처음인 듯 열리는 날
나도 금방 헹구어낸 햇살이 되어
그대에게 가고 싶다
그대 창가에 오랜만에 별이 들거든
긴 밤 어둠 속에서 캄캄하게 띄워 보낸
내 그리움으로 여겨다오
사랑에 빠진 사람보다 더 행복한 사람은
그리움 하나로 무장 무장
가슴이 타는 사람이 아니냐

진정 내가 그대를 생각하는 만큼
새날이 밝아오고
진정 내가 그대 가까이 다가가는 만큼
이 세상이 아름다워질 수 있다면
그리하여 마침내 그대와 내가
하나 되어 우리라고 이름 부를 수 있는
그날이 온다면
봄이 올 때까지는 저 들에 쌓인 눈이
우리를 덮어줄 따뜻한 이불이라는 것도
나는 잊지 않으리

사랑이란

또 다른 길을 찾아 두리번거리지 않고

그리고 혼자서는 가지 않는 것

지치고 상처 입고 구멍 난 삶을 데리고

그대에게 가고 싶다

우리가 함께 만들어야 할 신천지

우리가 더불어 세워야 할 나라

사시사철 푸른 풀밭으로 불러다오

나도 한 마리 튼튼하고 착한 양이 되어

그대에게 가고 싶다

영원히 사랑한다는 것은

– 도종환

영원히 사랑한다는 것은
조용히 사랑한다는 것입니다
영원히 사랑한다는 것은
자연의 하나처럼 사랑한다는 것입니다
서둘러 고독에서 벗어나려 하지 않고
기다림으로 채워간다는 것입니다
비어 있어야 비로소 가득해지는 사랑
영원히 사랑한다는 것은
평온한 마음으로 아침을 맞는다는 것입니다

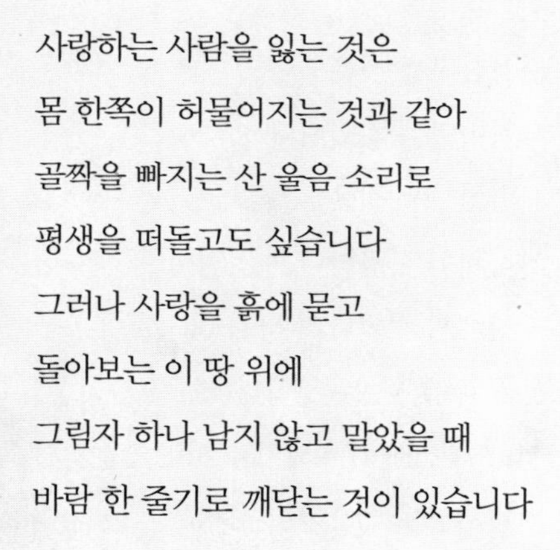

사랑하는 사람을 잃는 것은
몸 한쪽이 허물어지는 것과 같아
골짝을 빠지는 산 울음 소리로
평생을 떠돌고도 싶습니다
그러나 사랑을 흙에 묻고
돌아보는 이 땅 위에
그림자 하나 남지 않고 말았을 때
바람 한 줄기로 깨닫는 것이 있습니다

이 세상 사는 동안 모두 크고 작은 사랑의 아픔으로
절망하고 뉘우치고 원망하고 돌아서지만
사랑은 다시 믿음 다시 참음 다시 기다림
다시 비워두는 마음으로
하나가 되어야 한다는 것입니다

사랑으로 찢긴 가슴은
사랑이 아니고는 아물지 않지만
사랑으로 잃은 것들은
사랑이 아니고는 찾아지지 않지만
사랑으로 떠나간 것들은
사랑이 아니고는 다시 돌아오지 않지만
비우지 않고 어떻게 우리가
큰 사랑의 그 속에 들 수 있습니까
한 개의 희고 깨끗한 그릇으로 비어 있지 않고야
어떻게 거듭거듭 가득 채울 수 있습니까

영원히 사랑한다는 것은
평온한 마음으로 다시 기다린다는 것입니다

사랑법 첫째

― 고정희

그대 향한 내 기대 높으면 높을수록 그 기대보다 더 큰 돌덩이 매달아 놓습니다 부질없는 내 기대 높이가 그대보다 높아서는 아니 되겠기에 내 기대 높이가 자라는 쪽으로 커다란 돌덩이 매달아 놓습니다

그대를 기대와 바꾸지 않기 위해서 기대 따라 행여 그대 잃지 않기 위해서 내 외롬 짓무른 밤일수록 제 설움 넘치는 밤일수록 크고 무거운 돌덩이 하나 가슴 한복판에 매달아 놓습니다

편지

~ 김남조

그대만큼 사랑스러운 사람을 본 일이 없다
그대만큼 나를 외롭게 한 이도 없다
그 생각을 하면 내가 꼭 울게 된다

그대만큼 나를 정직하게 해준 이가 없었다
내 안을 비추는 그대는 제일로 영롱한 거울
그대의 깊이를 다 지나가면 글썽이는 눈매의 내가 있다
나의 시작이다

그대에게 매일 편지를 쓴다
한 구절 쓰면 한 구절을 와서 읽는 그대
그래서 이 편지는 한 번도 부치지 않는다

보고 싶은 것

— 이생진

모두 막혀버렸구나
산은 물이라 막고
물은 산이라 막고

보고 싶은 것이
보이지 않을 때는

차라리 눈을 감자
눈을 감으면
보일 거다
떠나간 사람이
와 있는 것처럼
보일 거다

알몸으로도

세월에 타지 않는

바다처럼 보일 거다

밤으로도 지울 수 없는

그림자로 태어나

바다로도 닮지 않는

진주로 살 거다

너와 나는

– 이해인

돌아도 끝없는
둥근 세상

너와 나는
밤낮을 같이하는
두 개의 시곗바늘

네가 길면
나는 짧고
네가 짧으면
나는 길고

사랑으로 못 박히면
돌이킬 수 없네

서로를 받쳐주는 원 안에
빛을 향해 눈뜨는
숙명(宿命)의 반려

한순간도
쉴 틈이 없는
너와 나는

영원을 똑딱이는
두 개의 시곗바늘

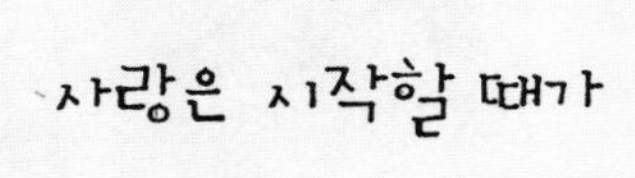

사랑은 시작할 때가

– 용혜원

살아가며

울적해지고

고독해지는 것은

생각에서 떠나

잊혀진 사람보다

마음에 남아 있는

그리운 사람 때문입니다

사진첩을 뒤척이다

생각의 필름이

그 시절로 돌아가

그리움을 몰고 옵니다

흘러가기만 하는 세월을
보내기엔 아쉬움이 있지만
어찌합니까

서로의 길을 가고 있을
이 순간
어쩌면 나 혼자만의
애태움일지도 모릅니다

사랑은 시작할 때가
가장 아름답습니다

사랑의 힘

– 최영미

커피를 끓어 넘치게 하고
죽은 자를 무덤에서 일으키고
촛불을 춤추게 하는

사랑이 아니라면
밤도 밤이 아니다
술잔은 향기를 모으지 못하고
종소리는 퍼지지 않는다

그림자는 언제나 그림자
나무는 나무
바람은 영원히 바람
강물은 흐르지 않는다

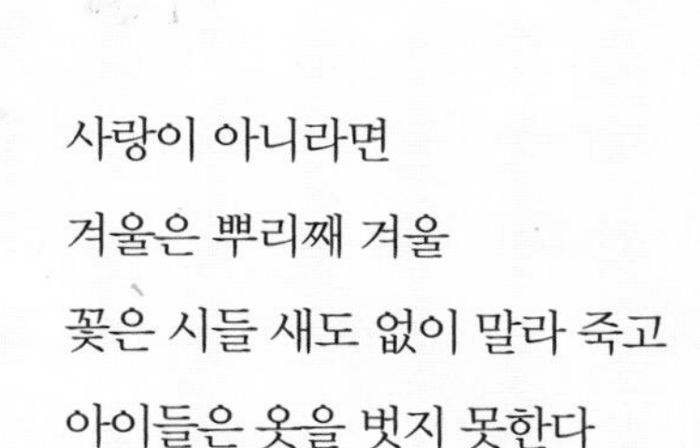

사랑이 아니라면
겨울은 뿌리째 겨울
꽃은 시들 새도 없이 말라 죽고
아이들은 옷을 벗지 못한다

머리칼이 자라나고
초승달을 부풀게 하는 사랑이 아니라면
처녀는 창가에 앉지 않고
태양은 솜이불을 말리지 못한다

석양이 문턱에 서성이고
베갯머리 노래를 못 잊게 하는
그런 사랑이 아니라면
미인은 늙지 않으리
여름은 감탄도 없이 시들고
아카시아는 독을 뿜는다

한밤중에 기대앉아
바보도 시를 쓰고
멀쩡한 사람도 미치게 하는
정녕 사랑이 아니라면
아무도 기꺼이 속아주지 않으리

책장의 먼지를 털어내고
역사를 다시 쓰게 하는
사랑이 아니면 계단은 닳지 않고
아무도 문을 두드리지 않는다

커피를 끓어 넘치게 하고
죽은 자를 무덤에서 일으키고
촛불을 춤추게 하는
그런 사랑이 아니라면……

인연설

– 한용운

함께 영원히 있을 수 없음을 슬퍼 말고
잠시라도 같이 있을 수 없음을 노여워 말고
이만큼 좋아해주는 것에 만족하고
나만 애태운다고 원망 말고
애처롭기까지 한 사랑할 수 없음을 감사하고

주기만 하는 사랑이라 지치지 말고
더 많이 줄 수 없음을 아파하고
남과 함께 즐거워한다고 질투하지 말고
이룰 수 없는 사랑이라 일찍 포기하지 말고
깨끗한 사랑으로 오래 간직할 수 있는
나는 당신을 그렇게 사랑하렵니다

해바라기 연가

— 이해인

내 생애가 한 번뿐이듯
나의 사랑도
하나입니다

나의 임금이여
폭포처럼 쏟아져 오는 그리움에
목메어
죽을 것만 같은 열병을 앓습니다

당신 아닌 누구도
치유할 수 없는
내 불치의 병은
사랑

이 가슴 안에서
올올이 뽑은 고운 실로
당신의 비단옷을 짜겠습니다

빛나는 얼굴 눈부시어
고개 숙이면
속으로 타서 익는 까만 꽃씨
당신께 바치는 나의 언어들

이미 하나인 우리가
더욱 하나가 될 날을
확인하고 싶습니다

나의 임금이여
드릴 것은 상처뿐이어도
어둠에 숨기지 않고
섬겨 살기 원이옵니다

그대가 진정 사랑한다면

– 용혜원

그대가 진정 사랑한다면
사랑을 함부로 고백하지 말아요
모든 열매들이
소리 없이 꽃 피고
소리 없이 열매를 맺듯이
진실한 사랑은
말하지 않아도 알 수 있어요

그대가 진정 사랑한다면
날 지켜봐 주어요
한순간으로 전부를 안다고
할 수는 없어요

사랑은 기쁠 때보다는
아픔 속에서
알 수 있어요

그대가 진정 사랑한다면
사랑을 함부로 고백하지 말아요
일 년 사계절을 살아가며
계절마다 부는 바람도 다르듯이
우리의 사랑은
살아가면서 더욱 깊어갈 거예요

그대의 별이 되어

– 허영자

사랑은

눈멀고

귀먹고

그래서 멍멍히 괴어 있는

물이 되는 일이다

물이 되어

그대의 그릇에

정갈히 담기는 일이다

사랑은

눈 뜨이고

귀 열리고

그래서 총총히 빛나는

별이 되는 일이다

별이 되어
그대 밤하늘을
잠 안 자고 지키는 일이다

사랑은
꿈이다가 생시이다가
그 전부이다가
마침내
아무것도 아닌 것이 되는 일이다

아무것도 아닌 것이 되어
그대의 한 부름을
고즈넉이 기다리는 일이다

내가 그대 속에서 움직이면
서로를 느낄 수는 있어도
그대가 어디에서 나를 보고 있는지
알지 못해 허둥댄다

이제 나는 그대를 벗어나
저만큼 서서 보고 있다
가끔은 멀리서 바라보는 것도 좋다

3

이제는 혼자이기 때문입니다

그리움

– 유치환

파도야 어쩌란 말이냐
파도야 어쩌란 말이냐
임은 뭍같이 까딱 않는데
파도야 어쩌란 말이냐
날 어쩌란 말이냐

까닭

– 정호승

내가 아직 한 포기 풀잎으로 태어나서
풀잎으로 사는 것은
아침마다 이슬을 맞이하기 위해서가 아니라
바짓가랑이를 적시며 나를 짓밟고 가는
너의 발자국을 견디기 위해서다

내가 아직 한 송이 눈송이로 태어나서
밤새껏 함박눈으로 내리는 것은
아침에 일찍 일어나 싸리 빗자루로 눈길을 쓰시는
어머니를 위해서가 아니라
눈물도 없이 나를 짓밟고 가는
너의 발자국을 고이 남기기 위해서다
너였다가, 너일 것이었다가
다시 문이 닫힌다

내가 아직도 쓸쓸히 노래 한 소절로 태어나서
밤마다 아리랑을 부르며 별을 바라보는 것은
너를 사랑하지 않아서가 아니라
너를 사랑하기엔
내 인생이 너무나 짧기 때문이다

사랑하는 별 하나

– 이성선

나도 별과 같은 사람이
될 수 있을까
외로워 쳐다보면
눈 마주쳐 마음 비춰주는
그런 사람이 될 수 있을까

나도 꽃이 될 수 있을까
세상일이 괴로워 쓸쓸히 밖으로 나서는 날에
가슴에 화안히 안기어
눈물짓듯 웃어주는
하얀 들꽃이 될 수 있을까

가슴에 사랑하는 별 하나를 갖고 싶다
외로울 때 부르면 다가오는
별 하나를 갖고 싶다

마음 어두운 밤 깊을수록
우러러 쳐다보면
반짝이는 그 맑은 눈빛으로 나를 씻어
길을 비추어주는
그런 사람 하나 갖고 싶다

부끄러운 사랑

– 이정하

사람이 사람을 사랑하는 것은
결코 부끄러운 일이 아닐 듯싶은데
난 그때마다 심한 부끄러움을 느낍니다
눈이 내리고 바람이 불고
낙엽이 떨어지고 해도
사람이 사람을 사랑하는 일은
나에게는 머언 나라의 종소리처럼 느껴집니다

한때는 나에게도 사랑하는 여자가 있었지요
사랑한다
사랑한다
이야기할 수 없는

당신들이 음악을 들으며 커피를 마실 때
분식집 구석에서 라면으로 끼니를 때우는
그런 여자였지요
공무원도 해보고 사무실에도 있어보았지만
그 돈으로는 동생들 학비조차 되지 않더라고
밤마다 흠뻑 술에 젖는
그런 여자였지요

그녀를 만나고서부터
내겐 막니가 생겨나기 시작했고
막니가 생겨나는 것보다 더 큰 고통을
그녀에게서 느꼈을 때
그녀는 이미 먼 길 떠난 뒤였지요

사랑이라는 말은
생각할수록 부끄럽습니다
숲 속 길을 둘이 걷고

조용한 찻집 한 귀퉁이에 마주 앉아
귀 기울이며 이야기하는 것이
사랑의 전부가 아님을 믿습니다

모든 것을 다 주어도 주어도
채울 수 없는 사랑의 깊이를
아직 난 잘 모르고 있으므로
내겐 아픈 막니를 두고 떠나간 그 여자처럼
사랑한다고
사랑한다고
감히 말할 수 없습니다

언제나 기댈 수 있게
한쪽 어깨를 비워둘 뿐입니다

나그네

– 김영재

만일 당신이
사랑하는 사람의
문밖에서 서성이고 있다면
이미 나그네가 아니다
덧없는 짝사랑의 소유자일 뿐
정처 없이 떠나는 바람이 아니다
나그네는 어둠에 기대지 않으며
사랑의 쓸쓸함에 물들지 않는다
길은 언제나 열려 있고
사랑은 예고 없이 문을 닫는다

가끔은

– 서정윤

가끔은 멀리서 바라볼 수 있어야 한다
내가 그대 속에 빠져
그대를 잃어버렸을 때
나는 그대를 찾기에 지쳐 있다

하나는 이미 둘을 포함하고
둘이 되면 비로소
열림과 닫힘이 생긴다
내가 그대 속에서 움직이면
서로를 느낄 수는 있어도
그대가 어디에서 나를 보고 있는지
알지 못해 허둥댄다

이제 나는 그대를 벗어나
저만큼 서서 보고 있다
가끔은 멀리서 바라보는 것도 좋다

참회

– 김남조

사랑한 일만 빼고
나머지 모든 일이 내 잘못이라고
진작에 고백했으니
이대로 판결해다오

그 사랑 나를 떠났으니
사랑에게도
분명 잘못하였음이라고
준열히 판결해다오

겨우내 돌 위에서
울음 울 것
세 번째 이와 같이 판결해다오
눈물 먹고 잿빛 이끼
청청히 자라거든
내 피도 젊어져
새봄에 다시 참회하리라

달팽이의 사랑

– 김광규

장독대 앞뜰
이끼 낀 시멘트 바닥에서
달팽이 두 마리
얼굴 비비고 있다

요란한 천둥 번개
장대 같은 빗줄기 뚫고
여기까지 기어 오는데
얼마나 오래 걸렸을까

멀리서 그리움에 몸이 달아
그들은 아마 뛰어왔을 것이다
들리지 않는 이름 서로 부르며
움직이지 않는 속도로
숨 가쁘게 달려와 그들은
이제 몸을 맞대고
기나긴 사랑 속삭인다

짤막한 사랑 담아둘
집 한 칸 마련하기 위하여
십 년을 버둥거린 나에게
날 때부터 집을 가진
달팽이의 사랑은
얼마나 멀고 긴 것일까

조그만 사랑 노래

– 황동규

어제를 동여맨 편지를 받았다
늘 그대 뒤를 따르던
길 문득 사라지고
길 아닌 것들도 사라지고
여기저기서 어린 날
우리와 놀아주던 돌들이
얼굴을 가리고 박혀 있다
사랑한다 사랑한다, 추위 가득한 저녁 하늘에
찬찬히 깨어진 금들이 보인다
성긴 눈 날린다
땅 어디에 내려앉지 못하고
눈 뜨고 떨며 한없이 떠다니는
몇 송이 눈

고독에 휩싸이는 날이면

- 용혜원

고독에 휩싸여
창문에 머리를 대고
거리를 바라보면
왠지 눈물이 난다

내 마음엔
그리움이 너무 많아
이렇게
홀로 고독해지는 순간이면

언제부터 모아두었던
눈물이 이토록 많은지
비가 내리듯
주룩주룩 흘러내린다

이런 날이면
미친 바람이라도 불어
너에게 날아갔으면 좋겠다

고독에 휩싸이는 날이면
심장 속으로까지 파고드는
고독이 너무 깊다

아무리 눈물을 흘려도
내 가슴만 적시는 눈물이기에
안타깝다

내 마음은

– 김동명

내 마음은 호수요

그대 저어 오오

나는 그대의 흰 그림자를 안고, 옥같이

그대의 뱃전에 부서지리다

내 마음은 촛불이오

그대 저 문을 닫아주오

나는 그대의 비단 옷자락에 떨며, 고요히

최후의 한 방울도 남김없이 타오리다

내 마음은 나그네요

그대 피리를 불어주오

나는 달 아래 귀를 기울이며, 호젓이

나의 밤을 새이오리다

내 마음은 낙엽이요

잠깐 그대의 뜰에 머무르게 하오

이제 바람이 일면 나는 또 나그네같이 외로이

그대를 떠나오리다

적막한 바닷가

- 송수권

더러는 비워놓고 살 일이다
하루에 한 번씩
저 뻘밭이 갯물을 비우듯이
더러는 그리워하며 살 일이다
하루에 한 번씩
저 뻘밭이 밀물을 쳐 보내듯이
갈밭머리 해 어스름 녘

마른 물꼬를 치려는지 돌아갈 줄 모르는
한 마리 해오라기처럼
먼 산 바래서서
아, 우리들의 적막한 마음도
그리움으로 빛날 때까지는
또는 바삐 바삐 서녘 하늘을 깨워 가는
갈바람 소리에
우리 으스러지도록 온몸을 태우며
마지막 이 바닷가에서
캄캄하게 저물 일이다

너를 위해 다시 한 번 살아볼 수 있다면
지키지 못한 그 약속을 지킬 수 있으리
한 톨의 씨앗 속에 나무가 숨어 있듯
절망 속에 숨어 있는 희망을 보여주리
다시 한 번 너를 위해 살아볼 수 있다면
물방울 같은 네 손톱에 물들기 위해
해마다 봉숭아를 내 가슴에 심으리
한 번쯤 다시 살아볼 수 있다면
널 기다리며 서성대던 영화관 앞을
만날 사람 없더라도 서 있어보리

4

우정이라는 이름으로라도 그대 곁에 있고 싶습니다

희망

― 기형도

이젠 아무런 일도 일어날 수 없으리라
언제부턴가 너를 생각할 때마다 눈물이 흐른다
이젠 아무런 일도 일어날 수 없으리라

그러나
언제부턴가 아무 때나 나는 눈물을 흘리지 않는다

다시 살아볼 수 있다면 3

– 김재진

너를 위해 다시 한 번 살아볼 수 있다면
지키지 못한 그 약속을 지킬 수 있으리
한 톨의 씨앗 속에 나무가 숨어 있듯
절망 속에 숨어 있는 희망을 보여주리
다시 한 번 너를 위해 살아볼 수 있다면
물방울 같은 네 손톱에 물들기 위해
해마다 봉숭아를 내 가슴에 심으리
한 번쯤 다시 살아볼 수 있다면
널 기다리며 서성대던 영화관 앞을
만날 사람 없더라도 서 있어보리

영화가 끝나면 밀려 나오는 사람들 속에
네 얼굴 찾아보며 가슴 두근거리리
한 번쯤 다시 살아볼 수 있다면
한 방울의 눈물도 너를 위해 흘리리
때로는 영화 속의 주인공처럼
모든 것 다 바쳐 너를 사랑하리

사모

— 조지훈

사랑을 다해 사랑하였노라고
정작 할 말이 남아 있음을 알았을 때
당신은 이미 남의 사람이 되어 있었다
불러야 할 뜨거운 노래를 가슴으로 죽이며
당신은 멀리로 잃어지고 있었다
하마 곱스런 눈웃음이 사라지기 전
두고두고 아름다운 여인으로만 잊어달라지만
남자에게 있어 여자란 기쁨 아니면 슬픔

다섯 손가락 끝을 잘라 핏물 오선을 그어
혼자라도 외롭지 않을 밤에 울어보리라
울다가 지쳐 멍든 눈 흘김으로
미워서 미워지도록 사랑하리라
한 잔은 떠나버린 너를 위하여
그리고 한 잔은 이미 초라해진 나를 위하여
마지막 한 잔은 미리 알고 정하신
하나님을 위하여

눈 오는 날

– 신진호

잊으라 한다고
잊혀지나요
잊지 말라 하여도
잊혀지듯이
잊으라 한다고
잊혀지나요

풀이 나무가 되고
나무가 바위가 되고
아득한 세상
높은 산맥마저
슬픔에 녹아
바다로 넘쳐도

수많은 전설
그 진실마저
가엾은 날개를 접고
거리에서
바다에서
눈물로 죽어가도

잊으라 한다고
잊혀지나요
잊지 말라 하여도
잊혀지듯이
잊으라 한다고
혹시,
잊혀질까요

오늘도

– 김용택

오늘도 당신 생각했습니다
문득문득
목소리도 듣고 싶고
손도 잡아보고 싶어요
언제나 그대에게 가는 내 마음은
빛보다 더 빨라서
나는 잡지 못합니다
내 인생의 여정에
다홍 꽃 향기를 열게 해주신
당신

내 마음의 문을 다 여닫을 수 있어도

당신에게 열린 환한 문을

나는 닫지 못합니다

해 저문 들길에서

돌아오는 이 길

당신은

내 눈 가득 어른거리고

회색 블록 담 앞에

붉은 접시꽃이 행렬을 섰습니다

더 깊은 눈물 속으로

— 이외수

흐린 날 바다에 나가보면
비로소 내 가슴에 박혀 있는
모난 돌들이 보인다
결국 슬프고
외로운 사람이
나뿐만이 아니라고
흩날리는 물보라에 날개 적시며
갈매기 한 마리
지워진다

흐린 날 바다에 나가보면
파도는 목 놓아 울부짖는데
시간이 거대한 시체로
백사장에 누워 있다
부끄럽다
나는 왜 하찮은 일에도
쓰라린 상처를 입고
막다른 골목에서
쓰러져 울었던가

그만 잊어야겠다
지나간 날들은 비록 억울하고
비참했지만
이제 뒤돌아보지 말아야겠다
누가 뭐라고 해도
저 거대한 바다에는 분명
내가 흘린 눈물도 몇 방울
그때의 순수한 아픔 그대로
간직되어 있나니
이런 날은 견딜 수 없는 몸살로
출렁거리나니

그만 잊어야겠다

흐린 날 바다에 나가보면

우리들의 인연은 아직 다하지 않았는데

죽은 시간이 해체되고 있다

더 깊은 눈물 속으로

더 깊은 눈물 속으로

그대의 모습도 해체되고 있다

달빛

— 조태일

달빛 속에서 흐느껴본 이들은 안다

어째서 달빛은 서러운 사람들을 위해
밤에만 그렇게 쏟아지는지를

달빛이 마냥 서러워
새들도 눈을 감고
두근거리는 가슴으로 세상을 껴안을 때
멀리 떠난 친구들은 더 멀리 떠나고
아직 돌아오지 않는 기별들도
영영 돌아오지 않을 듯 멀어만 가고

홀로 오솔길을 걸으며
지나온 날들을 반성해본 사람들은 안다
달빛이 서러워 오늘도
텅 빈 보리밭에서 통곡하는
종달새들은 안다

남의 일 같지 않은 세상을
힘껏 껴안으며 터벅터벅
걷는 귀갓길이
왜 그리 찬란한가를 아는 이는 안다

먼 훗날

― 김소월

먼 훗날 당신이 찾으시면
그때에 내 말이 "잊었노라"

당신이 속으로 나무라면
"무척 그리다가 잊었노라"

그래도 당신이 나무라면
"믿기지 않아서 잊었노라"

오늘도 어제도 아니 잊고
먼 훗날 그때에 "잊었노라"

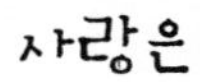

사랑은

– 김남주

겨울을 이기고 사랑은
봄을 기다릴 줄 안다
기다려 다시 사랑은
불모의 땅을 파헤쳐
제 뼈를 갈아 재로 뿌리고
천 년을 두고 오늘
봄의 언덕에
한 그루 나무를 심을 줄 안다

사랑은
가을을 끝낸 들녘에 서서
사과 하나 둘로 쪼개
나눠 가질 줄 안다
너와 나와 우리가
한 별을 우러러보며

빈집

– 황청원

가을밤 내 그리웠습니다

아직 오지 않을 사랑인 줄 알면서도

혹시 달빛으로 별빛으로

소식도 없이 올지도 몰라

아무도 서성이지 않은 산으로 가서

그대 잠들 빈집 되어 기다렸습니다

겸허하기만 한 가을 산 속엔

나무들 옷 벗는 소리 끊긴 지 오래고

새들 곤히 잠든 지 오래고

오직 그대 기다리는 내 빈집의 불빛만
흐린 날의 노을처럼 빛났습니다
멀리 있는 사랑을 기다린다는 것이
얼마나 뜨거운 눈물일지 알 수 없습니다
멀리 있는 사랑이 길을 돌아와
언제 문을 두드릴지 알 수 없습니다
이제야 비로소 빈집 되어 깨닫습니다
누구를 사랑하는 일이
나를 훌훌 비워내는 일임을

당신이 그리운 건 내게서 조금 떨어져 있기 때문입니다